NOTES DU RANDONNEUR

Matériaux durables/Fabriqué au Canada

Pour Bronwen et David, observateurs d'ours — *M. R.*

Pour Winnie l'ourson — *D. R.*

Catalogage avant publication de Bibliothèque et Archives Canada

Robinson, Michelle (Michelle Jane), 1977-
[Beginner's guide to bear spotting. Français]
Comment ne pas se faire manger par les ours / Michelle
Robinson ; illustrations de David Roberts ; texte français d'Isabelle Allard.

Traduction de : A beginner's guide to bear spotting.
ISBN 978-1-4431-4976-1 (couverture souple)

I. Roberts, David, 1970-, illustrateur II. Titre. III. Titre : Beginner's
guide to bear spotting. Français

PZ23.R578Co 2016   j823'.92   C2015-907429-0

Édition publiée par les Éditions Scholastic, 604, rue King Ouest,
Toronto (Ontario) M5V 1E1 avec la permission de Bloomsbury Publishing.

5 4 3 2 1   Imprimé en Chine CP156   16 17 18 19 20

Michelle Robinson et David Roberts ont revendiqué
respectivement leurs droits d'auteure
et d'illustrateur concernant cet ouvrage.

Comment ne pas se FAIRE MANGER par les OURS

Texte original de **Michelle Robinson**

Illustrations de **David Roberts**

Texte français de **Isabelle Allard**

Éditions **MSCHOLASTIC**

Tu vas te promener au pays des OURS?

Tu as intérêt à bien les connaître.

Celui-ci est un ours **noir**.

[Fig. 1. Ours noir, *Ursus Americanus*]

Celui-ci est un ours **brun**.

[FIG. 2. OURS BRUN, *URSUS HORRIBILIS*]

Et celui-ci
est…

complètement RIDICULE.

Je crois que tu ne prends pas cela au sérieux.
Tu devrais, tu sais.

Les ours peuvent être TRÈS dangereux.

Si tu les confonds, tu risques de te faire **manger**.

Ai-je bien toute ton attention, maintenant?

Bon, voici ce que tu dois savoir avant de partir.

Les ours **noirs**
sont dangereux
et NOIRS.

Les ours **bruns**
sont dangereux
et BRUNS.

Mais parfois, les ours **bruns** ont un peu de fourrure NOIRE....

et les ours **noirs** ont un peu de fourrure BRUNE.

Ne t'inquiète pas.
Tu ne VERRAS probablement
pas un seul ours.

Oh! Tu as de la CHANCE!

Je crois que c'est un ours **noir**.

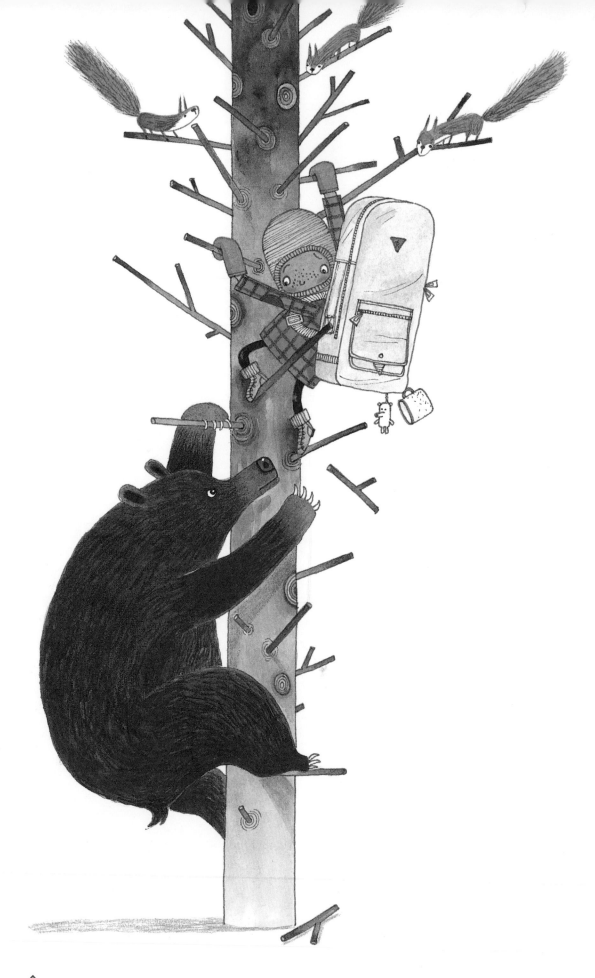

C'est SÛREMENT ça.

Les ours **bruns** NE grimpent PAS aux arbres.

Sais-tu que les ours **noirs** pèsent près de 180 kilos?

Face à un ours **noir**,

le mieux, c'est de reculer *l e n t e m e n t.*

C'est vraiment ton JOUR DE CHANCE!

Tu as aussi trouvé un ours **brun**!

Avec un ours **brun**, il vaut mieux **faire le mort.**

Mais un ours **noir** prendra cela pour une invitation à souper.

C'est le bon moment pour vaporiser du gaz poivré.

Le gaz poivré est efficace contre les DEUX types d'ours.

Cela les rend

é t o u r d i s.

Ou peut-être **affamés?**

Oui, CERTAINEMENT affamés.

As-tu du gruau?

De la GOMME?!

Que vas-tu faire avec de la **gomme à mâcher?**

Évidemment!
J'aurais dû y penser!

Vite!
Sauve-toi!

OUPS!

Bon, je n'ai plus d'idées. As-tu *autre chose* dans ton sac?

Non.

Trop VOYANT.

Non, ça ne marchera JAMAIS.

Que t'ai-je dit à propos de ce truc ridicule?

C'est doux, c'est ridicule et c'est...

FANTASTIQUE!

Ça marche!

Eh bien! Je retire mes paroles!

Les ours *peuvent* être dangereux...

mais ils peuvent aussi être
très, *très* gentils.

Psitt!

N'oublie pas la règle d'or

si tu rencontres un OURS :

les **vrais** ours ne sont pas aussi gentils.

Tu devrais SEULEMENT te blottir contre ceux en **peluche**.

Je t'aurai averti.